INSIGHT PUBLICA®

INSIGHT PUBLICA ®

Nadakkave, Kozhikode, Kerala
Tel:0495–4020666
www.insightpublica.com
e-mail: insightpublica@gmail.com

Sabun Pani Zindabad
(Wash'em Clean in Hindi)
Korney Chukovsky

Insight Publica Facsimile Edition: October 2020
First Published By Raduga Publishers Moscow

ISBN 978-93-90404-22-3
Printed and Published by
InsightinPublica Printers & Publishers Pvt Ltd.

₹ 339

साबुन-पानी ज़ींदाबाद
&
भयानक तिलचटा

कोर्नेई चुकोव्स्की

INSIGHT PUBLICA®

सोविएट के वे शानदार पुस्तक फिर एक बार।

भूत पूर्व सोविएट यूनियन की पुस्तकें जो केरल में व्यापक रूप से प्रसारण में थी, उन पुस्तकों की यादें हमारे मन में आज भी ताज़ा हैं। पुस्तक, जो शानदार किस्सों, दिलचस्प वैज्ञानिक तत्वों और मनोहर चित्रों से भरे थे और जो पाठकों के मन मोह चुके थे। उन पुस्तकों का हम पर एक अमिट प्रभाव था और अविस्मरणीय वाचन का अनुभव भी प्रदान किया था।

अब जब यूनियन न रहा तो, मनभावन कहानियों के वह पुस्तक भी न रहे। बस मीठे यादों वाले अतीत की ललक बाकी रह गई । फिर भी पाठक उन अनुपम पुस्तकों की लगातार खोज करते आ रहें हैं। इसलिए इनसाइट पब्लिका में हम उनमें से कुछ पुस्तकों को उसी पुराने अंदाज़ में प्रकाशित कर रहें हैं। और अत्यंत कृतज्ञता और आनंद के साथ मैं आपको बताना चाहता हूँ की इस योजना में पाठकों ने पूरे दिल से हमारा समर्थन किया है।

इस परियोजना के दौरान हमें उस महान देश के साहित्य कल्पना की गहराई और विशालता के बारे में एहसास हुआ । अनुवाद के द्वारा वह उदात्त कहानियाँ कई देशों और भाषाओं की सीमायें लांघ चुकी थी। यह पुस्तक सर्वव्यापी थे - सिर्फ एक उत्पन्न की तरह नहीं, बल्कि एक संस्कृति के रूप में।

हमने सोविएट कहानियों को भारतीय भाषाओं में अनुवाद के पुनः प्रसिद्धीकरण के इस साहसिक यत्न का श्रम यह सोचकर किया की इससे इनसाइट पुब्लिका को भी आवेग अवलम्ब मिलेगा।

आप पाठकों को अब स्कैन किये हुए फ़ोटोस्टेट कापियों से अब और नाखुश होने की आवश्यकता नहीं पड़ेगी। इनसाइट पब्लिका उन पुस्तकों को आपके हाथ में एकदम पहले वाली ताज़गी और मिठास के सात पहुंचाएगी।

अत्यंत विनम्रता और गर्व से हम आपके लिए वहीं शानदार सोविएट कहानियाँ एक बार और पेश करते हैं।

सुमेश इनसाइट.

कोर्नेई चुकोव्स्की

साबुन-पानी ज़िंदाबाद!

भाग चला मेरा कम्बल
वह बिस्तर से गिरा उछल,
तकिया भी कूदा झटपट
मेढक-सा फुदका नटखट।

भागी तब मेरी चादर
सिर पर अपने पग धरकर,
मैं बत्ती की ओर बढ़ा।
वह भी भागी मुझे चिढ़ा,
पुस्तक जब लेनी चाही तो
भाग चली वह भी, शैतान,
छिपी पलंग के नीचे जा कर
कौतुक देख हुआ हैरान,

पी लूं चाय, उठाये प्याला
समोवार की ओर बढ़ा,
वह तोंदल भी मुझे देखकर
भागा अपनी नाक चढ़ा।

यह सब क्या है?
क्या क़िस्सा है?
यह भगदड़
यह कैसी होड़?

सब कुछ घूम रहा चक्कर में
भाग रहे सब ताबड़-तोड़ ?
इस्तरियां जूतों के पीछे,
जूते भागें आंखें मीचे
सभी खिलौने ऊपर-नीचे,
पेटी कहीं, किताबें घूमें,
जैसे सभी नशे में झूमें।

मां के सोने के कमरे से
तभी चिलमची भागी आई,
लंगड़ी, टेढ़ी टांगों वाली,
उसने आकर डांट बताई:
"अरे दुष्ट, ओ गन्दे लड़के
शर्म न तुझको बिल्कुल आती,
तन पर ढेरों मैल चढ़ाये
तुम तो हो सूअर के साथी।
दर्पण में सूरत तो देखो
गर्दन हुई मैल से काली,
जहां-तहां स्याही के धब्बे
देह कि जैसे गन्दी नाली।
हाथ कि दोनों काले-काले
गन्दे-मन्दे, कालिख वाले।
इसीलिये तो उन से डर कर
भाग गया पतलून बिदक कर।

पौ फटते चूहों के बच्चे
सभी हाथ-मुंह अपने धोते,
बिल्ली, बत्तख, चिड़िया, तोते,
सभी लगायें जल में ग़ोते।

नहीं हाथ-मुंह जिसने धोया
ऐसे तुम ही एक अभागे,
इसीलिये मोज़े औ' जूते
तुम से दूर-दूर हैं भागे।
मैं तो सब से बड़ी चिलमची
अन्य सभी की मैं सरदार,
'धो लो, धो लो'–नाम है मेरा
मेरे बल का वार न पार।

हुक्म सुनें, चिलमचियां भागें
स्पंज इशारा मेरा मानें,
मेरे पैर पटकते ही वे
आयें, आकर सीना तानें।
पैर पटक तुझ को धमकायें
डांटे-डपटें, शोर मचायें,
तुझ को, गन्दे सिर वाले को
बदबू वाले, परनाले को
पकड़ नदी पर वे ले जायें,
वहां तुझे ग़ोते लगवायें।"

morin

तांबे के टब पर तब उसने
बड़े ज़ोर से मुक्का मारा,
और कहा कुछ 'कारा-बारा',

उसी समय ब्रश भागे आये,
मेढक-से टर्राते आये,
रगड़-रगड़ मुझको नहलायें
और साथ यह गाते जायें:

"हम इस गन्दे-मन्दे को
करते साफ़-साफ़,
तन निखरे, मुंह चमके इसका
करते साफ़-साफ़।"

साबुन की टिकिया झट आई,
उसने सिर पर धौल जमाई।
चुटकी काटे, फेन सताये
सुने न मेरी हाये-वाये,

वह पागल, स्पंज मुस्टंडा।
मुझे डराये, जैसे डंडा,
उस से डर कर भाग चला
पर वह ज़ालिम नहीं टला,

मैं दायें, तो वह दायें
मैं बायें, तो वह बायें,
लांघ गया मैं बाड़ मगर
झपटा वह फिर भी मुझ पर,

МОРЯК

उसी समय घड़ियाल मित्र
वह मेरा प्यारा-प्यारा,
बच्चों के संग पड़ा दिखाई
उसने मुझे उबारा,
उसने झट स्पंज को निगला
वह हलवे-सा मुंह में पिघला,

फिर वह मुझे देख चिल्लाया
पैर पटकता भागा आया,
"जाओ, फ़ौरन, जाओ घर
वह बोला!
मुंह को धोओ मल मल कर
वह बोला!
वरना अक़्ल सिखाऊंगा
वह बोला!
पीटूंगा, खा जाऊंगा
वह बोला!"

भाग चला मैं तब सरपट
वापस आया घर झटपट,
मल मल साबुन
मल मल साबुन
बहुत देर तन साफ़ किया,
धब्बे धोये
स्याही धोयी
मुंह का मैल उतार दिया।

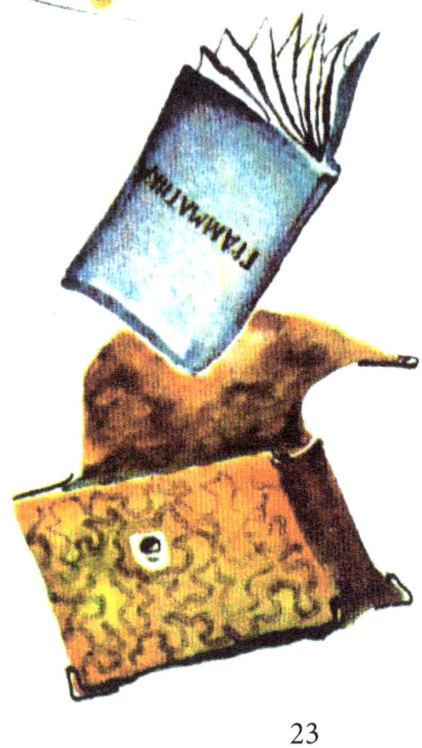

अब पतलून भागता आया
"पहनो मुझको," वह चिल्लाया,

तभी समोसा बोला आकर।
"मुंह में रख लो, मुझे उठाकर,"
नारंगी भी दौड़ी आई
सीधे मुंह के बीच समाई।
लौटी अब पुस्तक भी मेरी
कापी भी आई वापस,
गणित, व्याकरण झूमे खुश हो
नाच उठे दोनों बरबस।

इसी समय वह बड़ी चिलमची
अन्य सभी की जो सरदार,
'धो लो, धो लो' नाम है जिसका
जिसके बल का वार न पार,
भागी आई मुझे चूमती,
नाच नाचती और झूमती,
बोली: "तुम कितने सुन्दर हो
अब तुम मुझे बहुत प्यारे हो;
सब की आंखों के तारे हो।"
हर दिन, हर दिन सुबह-शाम को
तन की करो सफ़ाई,
वरना सभी दूर भागेंगे
निश्चय मानो भाई।
गन्दे बच्चों से सब कहते:
"शर्म, शर्म, शर्म,"
सब के ताने-बोली सहते
"शर्म, शर्म, शर्म।"
खुशबू वाला प्यारा-प्यारा
साबुन ज़िन्दाबाद!
फूला-फूला नर्म तौलिया
वह भी ज़िन्दाबाद!
ज़िन्दाबाद रहे दांतों का बढ़िया
मंजन,
ज़िन्दाबाद रहे आंखों का बढ़िया अंजन।

तालाबों में, नद-नदियों में
आओ, चलें नहायें,

सागर की लहरों से खेलें
तैरें, मौज मनायें।
नल-टोंटी के नीचे बैठें
घर में स्नान करें,
पानी ज़िन्दाबाद कि उससे
तन का ताप हरें।

कोर्नेई चुकोव्स्की

भयानक तिलचट्टा

पहला भाग

साइकल पर भालू जायें
बड़े मज़े उनको आयें।

बैठा था उनके पीछे
बिल्ला अपनी पीठ किये।

थे उसके पीछे मच्छर
हवा भरे गुब्बारों पर।

लंगड़े कुत्ते पर जाते
कई केकड़े इठलाते।

चढ़े भेड़िये घोड़े पर
शेरों ने ले ली मोटर।

ख़रगोशों को ट्राम मिली
वह तो उनको बिठा चली।

मेढ़क झाड़ू पर चढ़कर
चले फुदकता इधर-उधर...

सब जाते हंसते-गाते
बड़े-बड़े बिस्कुट खाते।

फाटक के नीचे से सहसा
महाबली-सा निकला ऐसा
लाल-लाल, वह मूंछोवाला
मानो आफत का परकाला,
उसकी आंखों में थी ज्वाला
यह तिलचटा डराने वाला।
वह चिल्लाये, शोर मचाये,
अपनी मूछे खूब हिलाये:

“अभी तुम्हें मैं मज़ा चखाऊं,
सबको कच्चा ही खा जाऊं,
मैं खा जाऊं, मैं खा जाऊं,
नहीं ज़रा भी दया दिखाऊं।”
सभी जानवर कांपें थर-थर,
कुछ बेहोश हो गये गिर कर।

डरे भेड़िये सुध बिसरायें
एक-दूसरे को वे खायें।

मगरमच्छ इतना घबराया
उसने तो मेढ़क ही खाया।

हथनी पर यों छाया डर
वह तो बैठी साही पर।

सिर्फ़ केकड़े, बड़े हेकड़े
नहीं लड़ाई से जो डरते
बेशक वे भी पीछे हटते,
फिर भी मूंछे सभी हिलायें
महाबली को वे धमकायें:

"मत चिल्लाओ, शोर मचाओ,
मत मूंछों से हमें डराओ,
मूंछोंवाले हम तो खुद भी
नहीं करें परवाह किसी की!"
फिर भी पीछे हटते जायें,
हटते जायें, डरते जायें।

मगरों, शार्कों को ललकारा
जल-घोड़े ने उन्हें पुकाराः
"जो राक्षस से नहीं डरेगा,
इसी दुष्ट से लड़े, भिड़ेगा
मैं तो उसको बीर कहूंगा,
दो मेढक भी भेंट करूंगा,
चिलगोज़े खाने को दूंगा!"
"हम तो उससे तनिक न डरते
महाबली का भुरकस करते,
हम जबड़ों से, हम दांतों से
और सुमों के आघातों से
उसकी अक्ल ठिकाने लायें!"
सभी जानवर एकसाथ मिल
हंसते-हंसते लड़ने जायें।

किन्तु देख मूछोवाले को अपने आगे,
(हाय-हाय-हाय!)
सिर पर रखकर पांव जानवर सारे भागे।
(हाय-हाय-हाय!)
भाग गाये के सभी वनों, मैदानों में
मूछों से ड़र, दूर-दूर वीरानों में।

जल-घोड़ा फिर से चिल्लाये:
"क्या तुम सबको शर्म न आये।
ए तुम गैंडो, ए तुम सांडो
निकल मांद से, हिम्मत बांधो,
तुम सींगों पर
रिपु को लेकर,
पटको नीचे, करो कचूमर !"

बड़े साहसी, ताक़तवर
सूटकेस लेकर बन्दर,
हवा हो गये पल भर में
चढ़े पोत पर सागर में।

लेकिन गैंडे, सांड़ रहे डर
धीमें से यह देते उत्तरः
"हम सींगों पर उसे उठाते,
हम दुश्मन को मार भगाते,
लेकिन महंगी खाल हमारी
है सींगों की क़ीमत भारी।"

और शार्क भी
भाग गयी,
दिखती केवल पूंछ रही।

छिपे झाड़ियों के नीचे सब कांप रहे
दलदल में, टोलों के पीछे हांफ रहे,
मगरमच्छ बिच्छू झाड़ी में जा दुबके
हाथी खाई में बैठे छिपके, चुपके।
बस, इतना ही पड़े सुनाई दांत बजें
बस, इतना ही पड़े दिखाई, कान हिलें।

उसके पीछे खिसक चली
मसिक्षेपी चंचल मछली।

दूसरा भाग

और तिलचटे ने उन सबको जीत लिया
वनों और मैदानों पर अधिकार किया।
सभी जानवर मुच्छल के अधीन हुए
(इस पर लानत, ईश्वर इसका बुरा करे!)
बड़ी शान से वह उन में आये-जाये
पेट सुनहरा अपना मोटा सहलाये:
"लाओ अपने नन्हे-मुन्ने मैं खाऊं
लूं चटखारे, ताक़त और बढ़ा पाऊं।"

रोयें सभी बेचारे बेबस जानवर!
तड़पें, चीख़ें, क्या प्राफ़त आई उन पर!

सभी गुफाओं,
सब मांदों में
इस पेटू को कोस रहे, सब जी भर कर।

भला कौन सी मां, अपना बच्चा प्यारा
देने को राजी हो आंखों का तारा,
अपना प्रिय, छोटा सा हाथी
या कि भेड़िया, भालू नन्हा
जिसे देख वह सुख पाती,

ताकि देव यह उसे सताये
भूखा राक्षस उसको खाये !
मांएं हाहाकार करें सब, आह भरें
रख छाती पर पत्थर बच्चे विदा करें।

एक सुबह कंगारू आया
अजब तमाशा उसने पाया,
देख ध्यान से इस मुच्छल को
बड़े ज़ोर से वह चिल्लाया:
"तुम कहते यह वीर बड़ा?
(हा-हा-हा !)
यह सम्मुख तिलचटा खड़ा !
(हा-हा-हा!)
यह तो बस, तिलचटा बड़ा, तिलचटा बड़ा
कीट, मकोड़े ने ही तुम को दिया डरा।
क्या तुम सबको शर्म न आये ?
दुख यह तुमको नहीं सताये?

पाये तुमने बढ़िया जबड़े,
सुआ दांत भी तगड़े-तगड़े,
इस कीड़े को
शीश झुकाओ?!
तुम सब इसके
हुक्म बजाओ?!"

जल-घोड़ों का तो दम निकला,
बोले: "बन्द करो यह हल्ला !
भागो, दूर यहां से जाएओ!
और न हम पर आफत लाओ!"

सहसा झाड़ी के पीछे से
नीले जंगल, हरे-भरे से
मैदानों से जो उड़ आई
गौरैया ने शक्ल दिखाई।

इधर-उधर वह तो फुदकी
उसने कुछ क्षण चीं-चीं की
चीं-चीं, चीं-चीं, चीं-चीं-चीं!
चोंच तिलचटे पर मारी
ख़त्म वहीं अत्याचारी।
था इसके ही योग्य, न दिखता बली कहीं
मूंछे तक भी उसकी बाक़ी नहीं रहीं।

सभी जानवर इतने खुश थे, इतने खुश थे
है जिसका वर्णन मुश्किल,
सब गौरैया के गुण गायें, शीश झुकायें
बड़ी साहसी, बहुत प्रबल !

सधे सुरों में गधे रेंककर उसे जुहारें
बकरे दाढ़ी से चिड़िया का पंथ बुहारें,
भेड़ें -मेढ़े ढोल बजायें
शोर मचायें!
बिगुल बजानेवाले उल्लू
        बिगुल बजायें तू, तू, तू !
कांय-कांय कौओं का शोर
        खुशी भरा गूंजे सब आर !
चमगादड़ चढ़
        ऊंची छत पर
नाचें, हाथ हिलायें
        मिल कर।

बनी-ठनी सी सुन्दर हथनी
नाचे, सुध-बुध भूली अपनी,
लाल चांद नभ में थर्राये
इसी नाच से कांपा जाये,
लुढ़क चला वह नभ से आख़िर
और गिरा हाथी पर आकर।
नई समस्या आई सम्मुख, सब घबराये
दलदल से चन्दा को कैसे बाहर लायें?
कीलें ठोंक गगन में कैसे पुनः सजायें ?!

www.ingramcontent.com/pod-product-compliance
Lightning Source LLC
LaVergne TN
LVHW062002041026
849558LV00007B/202
* 9 7 8 9 3 9 0 4 0 4 2 2 3 *